Fairy Chronicles

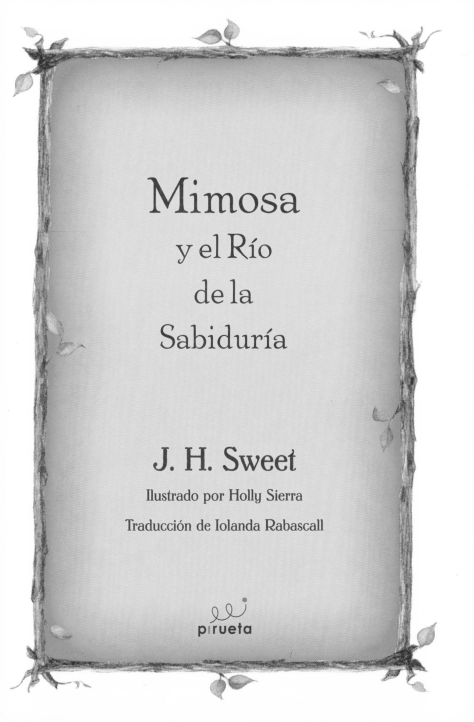

Mimosa
y el Río
de la
Sabiduría

J. H. Sweet

Ilustrado por Holly Sierra

Traducción de Iolanda Rabascall

pirueta

Título original: *Mimosa and the River of Wisdom*

Primera edición: mayo de 2010

© 2008 J. H. Sweet
© 2008 Sourcebooks, Inc., del diseño de cubierta e interiores
© Ilustración de cubierta: Tara Larsen Chang
© Ilustraciones interiores: Holly Sierra

© de la traducción: Iolanda Rabascall

© de esta edición: Libros del Atril, S.L.
   Av. Marquès de l'Argentera, 17, pral. 3ª
   08003 Barcelona
   www.piruetaeditorial.com
   www.fairychronicles.es

Impreso por Egedsa
Rois de Corella, 12-16, nave 1
08205 Sabadell (Barcelona)

ISBN: 978-84-92691-55-5
Depósito legal: B. 13.542-2010

A papá,
por la sabiduría

Mimosa

NOMBRE:
Alexandra Hastings

NOMBRE DE HADA Y ESPÍRITU:
Mimosa

VARITA:
Una pluma de emú

DON:
Sensible y comprensiva con las
necesidades de los demás

TUTORA:
Evelyn Holstrom,
madame Monarca

Tradescantia

NOMBRE:
Jensen Fortini

NOMBRE DE HADA Y ESPÍRITU:
Tradescantia

VARITA:
Pequeña pluma
de color rojo cardenal

DON:
Inteligencia; habilidad para
ingeniar planes e ideas brillantes

TUTORA:
Madrina, madame Camaleón

EQUIPO DE HADAS

Zarzamora

NOMBRE:
Lauren Kelley

NOMBRE DE HADA Y ESPÍRITU:
Zarzamora

VARITA:
Una hebra de cola
de unicornio trenzada

DON:
Grandes conocimientos
y mucha sabiduría

TUTORA:
Abuela, madame Vara de Oro

Madame Monarca

NOMBRE:
Evelyn Holstrom

NOMBRE DE HADA
Y ESPÍRITU:
Madame Monarca

VARITA:
Una reluciente semilla
de diente de león

DON:
Fuerza y resistencia

TUTORA:
Caléndula y Mimosa

Llevas la fuerza dentro de ti

Caléndula y la Pluma de la Esperanza

❦

Libélula y la Telaraña de los Sueños

❦

Cardencha y la Concha de la Risa

❦

Luciérnaga y la búsqueda de la Ardilla Negra

❦

Tradescantia y la Princesa de Haiku

❦

Vincapervinca y la Cueva del Coraje

❦

Cinabrio y la Isla de las Sombras

❦

Mimosa y el Río de la Sabiduría

Sumario

Un dilema

Alexandra Hastings estaba esperando a su amiga, Vinca Simpson, que iba a ir a su casa a jugar. Todavía le quedaba una semana más de vacaciones, y Alexandra deseaba exprimir al máximo cada minuto que quedaba del verano antes de volver a la escuela. Se hallaba sentada en el sofá del comedor, concentrada en una diminuta cajita cuadrada de plata del tamaño de un terrón de azúcar.

La cajita estaba envuelta por los cuatro costados con una bonita cinta de color azul marino, como si la hubieran preparado para regalo. La cinta estaba rematada en la parte superior de la cajita por un lazo, ensartado en un pequeño pasador. Alexandra deslizó una larga y fina cadena de plata a través del pasador y se la colgó en el cuello, a modo de collar.

La cajita de plata encerraba un significado muy especial. Se la habían regalado a Alexandra a principios de verano, cuando ella y sus intrépidas amigas habían participado en una maravillosa aventura para salvar a la humanidad del tormento y del sufrimiento.

Además de ser como cualquier niña de diez años, Alexandra también era, como muchas de sus amigas, un hada. Las hadas tenían encomendada la importante labor de proteger la naturaleza y de solucionar problemas serios. En la última aventura mágica habían tenido que viajar hasta la Isla de las Sombras, entrevistarse con el rey y la reina de la Tierra de las Sombras, ayudar a un grifo a vencer a una malvada quimera y al Demonio de la Luz, y recuperar varias sombras humanas robadas.

Los seres humanos no pueden sobrevivir sin sus sombras, por lo que el triunfo de su misión fue realmente un hecho memorable. El rey y la reina agradecieron a las hadas su importante colaboración y les entregaron a cada una de ellas una de las cajitas de plata que empleaban para distribuir las sombras entre los recién nacidos.

La cajita de regalo no contenía ninguna sombra porque Alexandra ya tenía la suya, que la había recibido al nacer. En vez de eso, estaba repleta de la delicada y resplandeciente arena negra que cubría las costas de la Isla de las Sombras. A pesar de que la misión había resultado bastante terrorífica, también había sido emocionante, y Alexandra guardaba un más que grato recuerdo del viaje a la isla.

Alexandra era un hada mimosa, que había recibido su espíritu mágico de un pequeño brote de mimosa. Tenía la melena rubia, larga y lisa, y sus ojos eran de un azul intenso. En su apariencia de hada, cuyo tamaño siempre es de quince centímetros, Mimosa exhibía unas alas largas y finas de color rosa pálido y un vestido confeccionado con tallos y unas brillantes y sedosas flores de mimosa de diversos colores: rosa claro, blanco, melocotón y rosa oscuro. El vestido le llegaba justo por encima de las rodillas, y calzaba unas esponjosas zapatillas de color rosa y un cinturón a juego. En el cinturón llevaba la varita mágica, una bolsita con polvo de duendecillo y el Manual de las Hadas.

Su varita consistía en una pluma de emú con las puntas rizadas y ahorquilladas. La pluma estaba hechizada con el fin de ayudar a Mimosa a poner en práctica su magia. El reluciente polvo de duendecillo que guardaba en la bolsita también era necesario para poder llevar a cabo determinados sortilegios. Y el Manual de las Hadas ofrecía respuestas a preguntas mágicas, y la orientaba para que adoptara decisiones acertadas. También era un libro interactivo que envejecía al mismo tiempo que su dueña.

A las hadas jóvenes no se les permitía hacer uso de sus poderes mágicos sin el consentimiento de sus tutoras. Madame Monarca, que había recibido el espíritu de hada de una mariposa monarca, era la tutora de Mimosa. Mimosa sólo había empezado a ser la pupila de madame Monarca la primavera previa, cuando se mudó a vivir a Texas desde Montana porque a su madre la trasladaron por trabajo. La señora Hastings estaba criando a su hija sola ya que el padre de Mimosa había fallecido en un accidente de tráfico cuando Mimosa tenía cuatro años.

La madre de Mimosa no sabía que su hija era un hada, y las hadas mantenían en secreto las singulares actividades que llevaban a cabo porque a los padres les resultaría difícil comprender por qué sus hijas tenían que ausentarse de casa para intervenir en misiones que a veces podían ser peligrosas. La gente normal y corriente no podía distinguir a un hada cuando la tenía delante, sino que únicamente veía su espíritu de hada.

Madame Monarca no había necesitado enseñarle a Mimosa muchas habilidades mágicas, ya que su anterior tutora, madame Grosella, había realizado un buen trabajo. Sin embargo, todas las hadas jóvenes tenían asignada una tutora porque ser un hada conllevaba una inmensa responsabilidad. Haber sido agraciada con habilidades mágicas, así como el hecho de alcanzar la madurez y la sabiduría para saber cómo usar esos poderes correctamente, requería una meticulosa supervisión por parte de cada tutora.

Cuando Mimosa se trasladó a vivir a Texas, les describió a sus nuevas amigas hadas un sinfín de particularidades acerca de las hadas en Montana. Allí había menos hadas con espíritu de flor y más con espíritu de frutos del bosque, hierbas

silvestres, insectos y murciélagos. Al principio, sus nuevas amigas no la creyeron cuando les dijo que había hadas con espíritu de murciélago, hasta que buscaron en el Manual de las Hadas los tipos de hada que existían.

El Manual de las Hadas de Mimosa era de un color diferente al de sus nuevas amigas. El suyo lucía de un pálido azul cielo, ya que era originario de Montana; en cambio, todas las hadas nativas de Texas llevaban manuales de un color castaño claro tostado. Cuando Mimosa buscó los tipos de hada que había, la definición que encontró fue la siguiente:

Tipos de espíritus de hada

Los espíritus de hadas pueden provenir de numerosas fuentes. Algunos de los espíritus más comunes provienen de flores, frutos del bosque, hierbas silvestres y brotes de árboles. Los espíritus mágicos también pueden proceder de insectos tales como libélulas, abejas, mariposas diurnas y nocturnas, luciérnagas y escarabajos. Además, hay hadas con espíritu de pajaritos como pinzones, petirrojos y gorriones; la-

gartijas y anfibios como salamandras y sapos; animales de pequeño tamaño como topos, musarañas y murciélagos; y animales marinos tales como caballitos de mar, estrellas de mar y ostras.

Después de que el Manual de las Hadas hubiera confirmado la información, nuestras queridas amigas ya no dudaron de que existieran hadas con espíritu de murciélago. Y tenía sentido. En aquella misma región había un hada camaleón y un hada sapo. Madame Sapo, la actual mentora de las hadas en la región del sudoeste, era un hada anciana y sabia, muy apreciada por todos. Nuestras amigas también sabían que madame Musaraña era la tutora de las hadas de la lejana región del norte, y que madame Ostra estaba al frente de las hadas en la región del Golfo. Las jóvenes hadas suspiraron con la esperanza de llegar a conocer algún día a un hada con espíritu de murciélago.

Las hadas de la región del sudoeste se congregaban con frecuencia en las reuniones de hadas, lo que entre ellas se conocía como un Círculo Mágico. Estas reuniones tenían por objetivo celebrar alguna fiesta propia de las hadas o tratar problemas importantes y planear la forma de resolverlos. Mimosa y Vinca, que era un hada con espíritu de flor de vincapervinca, iban a asistir a un Círculo Mágico el fin de semana.

Cada una de las hadas había sido agraciada con un don especial relacionado con su espíritu de hada. Como don singular, Mimosa tenía la habilidad de ser excepcionalmente sensible, comprensiva y de preocuparse por los demás. Sabía escuchar y mostraba una gran disposición a la hora de comprender las necesidades del prójimo. Con esas cualidades, siempre estaba dispuesta a dar sabios consejos esclarecedores. Mimosa sabía que de mayor quería ser asesora profesional, bien en una escuela o bien como terapeuta.

Mimosa había recibido un mensaje de nuez de Vincapervinca el día previo para quedar para jugar aquella tarde. Los mensajes de nuez eran el método que las hadas utilizaban para comunicarse: escondían notas dentro de cáscaras de frutos secos y se los entregaban a los pájaros y a otros animales para que éstos hicieran de mensajeros.

La vecina de la familia Hastings, la señora Welch, cuidaba de Mimosa durante el verano mientras su madre trabajaba. La señora Welch estaba viendo la tele en el comedor cuando llegó Vincapervinca, tal como habían quedado. Las niñas se encerraron en la habitación de Mimosa para no molestar a la señora Welch, y también para poder hablar tranquilamente, sin que las oyera. Mimosa tenía un dilema muy importante que quería compartir con Vincapervinca.

A Vincapervinca la habían adoptado después de que ésta se quedara huérfana de padre y madre a los cinco años. Ella también comprendía lo que significaba perder a un ser amado tan cercano, por lo que entre las dos amigas existía un vínculo muy especial.

Como hada, Vincapervinca llevaba un brillante vestido rosa sonrosado confeccionado con pétalos de vincapervinca, y exhibía unas diminutas alas de color rosa pálido. Su varita era una pestaña de elefante, y su singular don de hada consistía en la habilidad de canalizar la energía solar.

Hasta ese momento, Vincapervinca era la

única hada aborigen americana en la región. Su madre era una india de la tribu Cherokee, por lo que Vincapervinca disponía de unas capacidades adicionales relacionadas con la cultura de sus antepasados nativos. Nunca se perdía en campo abierto porque sabía qué dirección seguir sin la ayuda de una brújula. Además, podía reconocer diversas huellas de animales y distinguir las plantas tóxicas de las comestibles.

Vincapervinca también contaba con un espíritu guía que adoptaba la forma de un pequeño caracol y que casi siempre viajaba en su hombro. Ella era la única que podía ver a su minúsculo compañero, que la guiaba y le daba consejos cuando era preciso para que tomara decisiones acertadas.

Mientras se hallaban sentadas en la cama, Mimosa suspiró e intentó expresar con palabras concretas sus pensamientos. Vincapervinca se recogió la melena en una cola de caballo y se la sujetó con una goma elástica, mientras observaba la cara de su amiga con atención, esperando a que ésta hablara.

Tras unos breves momentos, Mimosa volvió a suspirar, y, finalmente, dijo:

—Estoy muy preocupada por mi madre. Ha intentado por todos los medios dejar de fumar, pero no lo consigue. Quiero ayudarla.

—¿Qué quieres decir con eso de que quieres ayudarla? —preguntó Vincapervinca, con inquietud.

—Bueno... Ya me entiendes... con un poco de ayuda mágica —confesó Mimosa.

—¡Sabes que no puedes hacerlo! —exclamó Vincapervinca, alzando la voz. Rápidamente desvió la vista hacia la puerta y a continuación bajó el tono.

—Sabes que no podemos usar nuestros poderes mágicos para resolver problemas personales. Podrías perder tu espíritu de hada.

Las dos amigas se quedaron sentadas sin hablar durante un rato. Vincapervinca consultó con su espíritu guía. El caracol sacudió la cabeza. Esta vez, no tenía palabras prudentes para su dueña.

Transcurridos unos minutos, Mimosa volvió a hablar.

—¡Es que me siento tan frustrada por ella! Lo ha intentado todo para abandonar ese vicio. Y veo la ansiedad reflejada en su cara. Está deses-

perada por dejar de fumar. Sabe que tiene que hacerlo, por el bien de las dos.

A Mimosa le temblaba la voz, y no pudo continuar. El nudo que le oprimía la garganta no se lo permitía, y rompió a llorar. Vincapervinca abrazó a su amiga efusivamente, pero no disponía de ninguna respuesta para consolarla. Cuando Mimosa reunió fuerzas para volver a hablar, le dijo a Vincapervinca:

—La semana pasada hablé con Jensen, y a ella tampoco se le ocurrió ninguna solución.

Jensen Fortini era un hada con espíritu de una planta herbácea denominada tradescantia, y era una de las hadas más hábiles cuando se trataba de resolver problemas y planificar estrategias.

Mimosa y Vincapervinca se entretuvieron un rato jugando a cantillos con piedras pequeñas y a hacer figuras con un cordel, como la cunita de gato, mientras conversaban animadamente sobre diversos temas: el próximo Círculo Mágico, qué libros estaban leyendo, chicos, el inicio de la escuela la semana siguiente y la ropa nueva que se habían comprado.

Cuando Vincapervinca se marchó una hora más tarde, le pidió a su amiga que no tomara ninguna decisión precipitada.

—Piénsatelo dos veces antes de hacer nada. Habla con madame Monarca si lo necesitas. De verdad, es muy importante.

Mimosa asintió y se despidió de su amiga. Pero lo cierto es que todavía se quedó más frustrada. No hallaba ninguna salida a su dilema, a menos que recurriera a sus poderes mágicos, aunque sabía que, si lo hacía, se metería en un buen lío.

Durante el resto de la tarde hasta el anochecer, Mimosa intentó leer, ver la tele y resolver un crucigrama. Pero estaba afligida y preocupada.

Antes de irse a la cama, su madre entró en la habitación para darle las buenas noches. No hablaron de nada importante. Era el rato más privado del día para las dos. El piso estaba absolutamente en silencio, sin ninguna distracción, por lo que era un momento cómodo y sosegado para compartir pensamientos.

Mientras nuestra querida amiga intentaba conciliar el sueño, oyó que su madre salía al balcón para fumar un cigarrillo. Mimosa se sentó en la cama, y las lágrimas empezaron a rodar por sus mejillas. Teniendo en cuenta todo lo que había hecho su madre en los dos últimos años hasta ese momento para dejar de fumar, Mimosa no albergaba ninguna esperanza de que ésta llegara a conseguir su objetivo por sí misma.

Mimosa estaba tan afectada que, sin poder evitarlo, actuó impulsivamente. Sacó la pluma de emú, su varita mágica, la sacudió enérgicamente, y pronunció: «¡Desapareced cigarrillos!». Con la excepción del cigarrillo que su madre estaba fumando, todos los cigarrillos que había en el piso desaparecieron, incluidos los que su madre guardaba en el bolso y dos cartones enteros en el armario de la cocina.

Tras lanzar el sortilegio, Mimosa no se sintió mejor. La acción no había solucionado nada, y ella sabía que iba a tener muchos problemas, tanto con su madre como con su hada tutora. Se sentía fatal, y, aunque le costó mucho rato, finalmente consiguió quedarse dormida entre sollozos.

Capítulo dos

La Advertencia

Tan pronto Mimosa se levantó de la cama, la reprimenda empezó antes del desayuno. Antes de verter la leche sobre los cereales.

La señora Hastings le pidió a su hija que se sentara, la miró fijamente a los ojos, y suspiró con exasperación.

—Estoy muy enojada contigo, Alexandra. Sabes que estoy intentando dejar de fumar, ¿verdad?

Mimosa asintió con desánimo, pero no dijo nada.

Su madre volvió a suspirar, y a continuación añadió:

—Tirar mis cigarrillos no me va a ayudar a dejar de fumar, y son muy caros. Prométeme que no lo volverás a hacer.

Mimosa asintió nuevamente con la cabeza.

Acto seguido, su madre le dijo:

—La señora Holstrom llamó ayer por la noche cuando ya te habías ido a dormir. Por lo visto, olvidó comentarte que esta mañana hay una actividad en el Club infantil. Te recogerá a las nueve. Yo estaba decidida a castigarte sin salir de casa, pero Evelyn insistió en que éste será el último acto en el club durante una temporada, puesto que la semana que viene empieza el curso escolar.

Mimosa no estaba en absoluto sorprendida por la reunión programada para aquel mismo día. Evelyn Holstrom era en realidad madame Monarca, y no creía que realmente ellas dos fueran a participar en una actividad organizada en el Club infantil.

Mimosa sabía que la reunión iba a versar sobre su inapropiado uso de la varita mágica la noche previa.

La madre de Mimosa le dio un abrazo y se despidió de ella diciéndole:

—Esta noche continuaremos hablando sobre lo que has hecho. Y te prometo que volveré a intentarlo con los parches de nicotina.

Mimosa asintió, pero no se sentía demasiado entusiasmada con la promesa de su madre ya que sabía que había intentado sin éxito dejar de fumar dos veces con el método de los parches. La señora Welch ya bajaba de su piso cuando Mimosa vio que su madre desaparecía escaleras abajo y salía por la puerta principal del edificio.

Madame Monarca llegó puntual a las nueve. No le dijo nada a Mimosa mientras ambas se montaron en su monovolumen de color verde lima. Cuando hubieron dejado atrás varias manzanas, madame Monarca dijo finalmente:

—Vamos a ver a madame Sapo.

Mimosa asintió con tristeza, pero no podía hablar. El nudo volvía a oprimirle la garganta, un nudo dos veces más abultado que el día anterior. Sabía que existían muchas probabilidades de perder su espíritu mágico.

Visitaron a madame Sapo, cuyo nombre verdadero era señora Jenkins, en su casa en Belvin Street. Era un impresionante edificio histórico, de tres plantas, pintado de color blanco y con

unas enormes columnas que flanqueaban el porche. En uno de los lados de la casa destacaba un bello jardín lleno de flores, y en el otro sobresalía una glorieta. Madame Sapo había preparado té y galletitas para ellas en su amplia salita soleada, pero Mimosa no podía comer ni beber nada. Se mantuvo en silencio, cabizbaja.

En su apariencia humana, madame Sapo no era tan imponente como lo era en su forma mágica. Lo cierto es que le sonrió y le habló con un tono muy afable.

—Antes que nada, Mimosa, quiero que sepas que por esta vez no te retiraremos tu espíritu mágico. Esto es sólo una advertencia. Sin embargo, necesitamos saber por qué usaste poderes mágicos prohibidos. Madame Monarca y yo sabemos que *tú* sabes que no puedes usar tus poderes mágicos para esta clase de acciones.

Mimosa levantó la cara y miró tanto a madame Monarca como a madame Sapo. Sólo se sentía levemente aliviada por no haber perdido su espíritu mágico, porque su intención de ayudar a su madre era muy firme y sabía que no podría prometerles que no cometería el mismo error nuevamente.

Cuando Mimosa habló, se le quebró la voz, y la tristeza se apoderó de su corazón, igual que le había sucedido el día anterior mientras conversaba con Vincapervinca.

—Mi madre está intentando por todos los medios dejar de fumar. Ya lo ha probado con los chicles y los parches de nicotina, con tratamientos naturales a partir de plantas y hierbas silvestres, con pastillas que le ha recetado el médico, y con hipnosis. Pero no lo consigue. Y yo quiero ayudarla. No puede hacerlo sola.

—En la voz de Mimosa había una nota desesperada.

Madame Monarca intervino a continuación, con suavidad y ternura:

—No podemos usar nuestros poderes mágicos para tales fines, aunque sea por una buena causa. La Madre Naturaleza no consiente ninguna excepción. —(La Madre Naturaleza era la supervisora de la naturaleza y la guardiana de todas las criaturas mágicas, incluidas las hadas.) Madame Monarca suspiró pesadamente cuando volvió a hablar—: A todas nos encantaría que tu madre dejara de fumar, pero tendrá que encontrar una forma de conseguirlo por sí misma. Si

intentas ayudarla otra vez con la magia, te retiraremos tu espíritu mágico. Si pierdes tu espíritu mágico, borraremos de tu mente todos tus conocimientos mágicos. No recordarás que eras un hada, ni tampoco te acordarás de las aventuras mágicas en las que has intervenido. Además, tus amigas hadas ya no podrán hablar contigo sobre temas mágicos.

Mimosa recuperó la voz y, con la vista fija en las dos hadas mayores, les preguntó con un tono suplicante:

—Entonces, ¿qué puedo hacer? Ya he perdido a mi padre. No quiero perder a mi madre también —confesó con absoluta franqueza—. He realizado trabajos de voluntariado en residencias y en el hospital. He visto lo que el cáncer de pulmón le provoca a la gente. He visto dolor y sufrimiento, físico y emocional, tanto en la persona enferma como en sus familias. —Su voz se quebró de nuevo, y las lágrimas afloraron libremente por sus ojos y le empaparon la cara. Madame Monarca se sentó al lado de Mimosa en el sofá y la abrazó con fuerza y la acunó hacia delante y hacia atrás cariñosamente.

Transcurridos unos minutos, madame Sapo se recompuso de la impresión y fue capaz de volver a hablar:

—Desearía que hubiera una forma de hacer una excepción, pero no la hay. Espero que muy pronto descubran un remedio para esa clase de adicción, y que la gente pueda dejar de fumar voluntariamente. Aunque no sé si realmente están poniendo énfasis en hallar un remedio para curar la adicción al tabaco, ya que fumar no es ilegal y es una decisión que los adultos toman libremente, a pesar de que el tabaco sea tan malo para la salud.

Madame Sapo esperó unos momentos antes de volver a hablar.

—No podemos recurrir a la magia para que la hada Malva Loca recupere la audición, por más que nos encantaría hacerlo.

Mimosa miró a madame Sapo atentamente, sorprendida por lo que acababa de oír. Malva Loca era la única hada sorda en su grupo. Tras unos breves momentos, la joven hada sacudió la cabeza, visiblemente aturdida, y preguntó:

—¿Nuestros poderes mágicos podrían devolverle a Malva Loca la capacidad de oír?

Madame Monarca y madame Sapo intercambiaron una mirada antes de responder. Después de una larga pausa, madame Sapo contestó:

—Sí. Existe una clase de magia que puede hacer que una persona sorda recupere la audición. Pero no podemos usarla a menos que la pérdida de la audición se haya originado por las acciones de una criatura mágica que esté bajo la custodia de la Madre Naturaleza. Ya ves, Mimosa, sólo podemos arreglar los problemas con magia cuando la magia ha tenido algo que ver con las circunstancias que han originado el problema.

Mimosa frunció el ceño, mientras madame Sapo continuaba.

—El esposo de madame Ostra está muy enfermo. El trébol mágico de la luna azul quizá podría curar su enfermedad, pero no podemos usarlo. Su enfermedad no ha sido provocada por las acciones de ninguna criatura mágica.

»Y sabes que las hadas únicamente podemos ayudar a restablecer el orden después de desastres naturales; no podemos usar nuestros poderes para evitarlos. Debes intentar que tu madre deje de fumar mediante otros métodos que no sean mágicos, como por ejemplo la tecnología.

Tras el encuentro con madame Monarca y madame Sapo, Mimosa aún se sintió peor. A pesar de que no había perdido su espíritu mágico, no estaba más cerca de hallar una solución que antes de la reunión. Mimosa y madame Monarca permanecieron calladas durante el tiempo que duró el trayecto en coche.

Al despedirse de Mimosa delante de su casa, madame Monarca dijo:

—El jueves te recogeré a las diez para asistir al Círculo Mágico. —Le dedicó una sonrisa cariñosa para animarla; pero a pesar de la sonrisa, sus ojos y las líneas de su cara no podían ocultar su preocupación.

Madame Monarca no llevaba ni un año desempeñando el papel de tutora de Mimosa, pero sabía que la joven hada era muy intrépida. Su extrema sensibilidad y su enorme preocupación por los demás le conferían una poderosa fuerza interna para obrar con resolución y ayudar enérgicamente. Madame Monarca temía que ese don provocara un maremoto o una avalancha que no pudiera detenerse.

El hada tutora se alejó en coche apesadumbrada, sin saber qué más podía hacer. Todos tenemos que adoptar decisiones duras en la vida y vivir con las consecuencias. Y a madame Monarca le resultaba imposible no admirar con qué resolución se dedicaba Mimosa al bienestar de su madre.

Capítulo tres

Prunella, la bruja

Mimosa se hallaba sentada con las piernas cruzadas en la cama, sosteniendo el Manual de las Hadas y recapacitando. Estaba desesperada por encontrar la forma de ayudar a su madre a dejar de fumar, y, por más que lo intentara, no podía dejar de darle vueltas al asunto.

De nuevo, repasó todos los remedios que su madre había probado. Pensó en las hierbas silvestres y se dijo: «Las brujas usan hierbas silvestres». Así que rápidamente buscó el término «Bruja» en el Manual de las Hadas:

Brujas: Las brujas son seres mágicos de diferentes tipos, según la clase de ma-

gia que practiquen: blanca o negra.
Si es posible, limita el contacto con bru-
jas que sólo practiquen magia blanca,
porque las de magia negra pueden ser
peligrosas. Algunas brujas se concen-
tran en especialidades tales como hallar
remedios para enfermedades, provocar
alucinaciones y adivinar el futuro. Mu-
chas brujas hacen gala de un auténtico
talento a la hora de preparar semillas
mágicas que sirven de terapia para ayu-
dar a dormir o a enamorarse, o bien
para que alguien se vuelva invisible,
o bien para obligar a decir la verdad, evo-
car recuerdos o incrementar la energía.

—¿Y qué me dices sobre una semilla mágica
para dejar de fumar? —le preguntó Mimosa a su
Manual de las Hadas. Las siguientes palabras
aparecieron inmediatamente debajo de la descripción que acababa de leer:

Sí, una bruja puede preparar semillas
específicas para combatir adicciones, in-
cluida la de fumar.

Además de responder a su pregunta, el Manual de las Hadas también se dirigió a ella directamente:

Mimosa (Alexandra),
Ve a la primera página de tu Manual
de las Hadas para que podamos hablar.

Ella pasó las páginas de mala gana, sabiendo exactamente lo que iba a encontrar. En la primera página de su manual, había una pregunta escrita:

¿Qué piensas hacer?

Un poco frustrada, Mimosa respondió la pregunta:

—Bueno, tú estabas conmigo esta mañana, cuando he recibido la advertencia. ¿No puedes deducir lo que me propongo hacer?

El Manual de las Hadas tardó bastante en responder:

Simplemente no quiero que te precipites
a la hora de tomar una decisión. Hablo

también en nombre de tu varita; de verdad, no queremos perderte. No queremos que nos asignen a otra hada. Te
queremos.

La chiquilla cerró el manual y lo estrechó entre sus brazos con vehemencia. Tenía la impresión de que el nudo en su garganta había aumentado diez veces de tamaño desde el día anterior.

La señora Welch accedió a dejar que Mimosa saliera sola a dar una vuelta hasta el parque situado al final de la manzana. Por las tardes siempre había un montón de niños en el parque, algunos con sus mamás, y la ruta hasta allí era muy segura y se podía ir andando sin ningún temor.

—Estaré de vuelta dentro de una hora —le dijo a la señora Welch.

Sin embargo, Mimosa no se dirigió al parque. En vez de eso, se detuvo tres casas más abajo del bloque de pisos donde vivía. Al echar un vistazo al jardín del señor Johnson, encontró lo que buscaba. El señor Hempell, el gnomo de jardín, estaba enzarzado en la labor de plantar una ristra de pimientos con una diminuta azada. La tierra volaba en todas direcciones a su alrededor, a causa de su lucha contra la maleza, y era evidente que el señor Hempell estaba ganando la batalla.

Como todos los gnomos de jardín, el señor Hempell medía veinticinco centímetros e iba vestido de un color marrón terroso. Llevaba un peto de trabajo con quince bolsillos llenos de herramientas, semillas, bulbos y raíces; además, lucía un grueso y espeso mostacho.

A causa del camuflaje mágico de los gnomos, la gente normal y corriente no podía verlos. De hecho, si al señor Johnson se le ocurriera salir a echar un vistazo a su jardín en ese preciso instante, lo único que vería en el lugar donde se hallaba el señor Hempell sería una enorme regadora galvanizada. Sin embargo, las hadas sí que podían ver a los gnomos como gnomos, por lo que Mimosa podía ver al señor Hempell.

Nuestra querida amiga lo llamó a través de la verja.

—¡Señor Hempell! ¿Puedo hablar un momentito con usted, por favor?

El gnomo se le acercó trotando rápidamente a través de los surcos del jardín, encantado de tomarse un respiro.

—¡Hola Mimosa! ¡Qué día más bonito para pasear!

Los dos hablaron unos minutos sobre el tiempo y sobre los tomates y pepinos premiados del señor Johnson. Luego Mimosa le preguntó:

—¿Conoce alguna bruja con la que pueda hablar? Me refiero a una bruja que practique magia blanca.

El señor Hempell se mordisqueó las puntas de su mostacho mientras observaba a Mimosa pensativamente antes de contestar:

—Sí, conozco a una. Se llama Prunella. Te diré dónde puedes encontrarla. Pero puesto que me estás preguntando a mí cómo encontrar a una bruja en vez de a tu tutora, te aconsejo que pienses bien lo que vas a hacer, sea lo que sea lo que planees.

Mimosa suspiró y asintió. La verdad era que no necesitaba más advertencias ni consejos aquel día.

—Iré con cuidado —le aseguró al gnomo—. Por favor, necesito su ayuda.

El señor Hempell le dijo dónde podía encontrar a Prunella. Luego volvió a su trabajo. No obstante, no pudo evitar mirar a su amiga varias veces con preocupación, mientras ésta se alejaba.

Mimosa eligió un lugar apartado detrás de una pequeña arboleda en el parque para adoptar su forma de hada. Con un sonido similar a un taponazo, se transformó en la diminuta hada de quince centímetros y voló velozmente hasta un espacio frondoso en el bosque donde el señor Hempell le había dicho que vivía Prunella.

El hada llamó a la puerta de una pequeña cabaña de madera, y Prunella abrió al instante.

—¡Hola! —la saludó la bruja animadamente—. No suelo recibir muchas visitas. Pasa, pasa —la invitó a entrar.

La casa de Prunella era realmente acogedora. Unas cómodas butacas almohadilladas llenaban la estancia principal, y el suelo estaba cubierto con esteras de vivos colores, hiladas a mano. Las paredes estaban forradas con estanterías, y en una esquina había una bonita mesa de roble con cuatro sillas.

Prunella era una mujer regordeta y vivaracha. Iba ataviada con un vestido lila con flores estampadas, calzaba unas pantuflas amarillas y lucía un collar confeccionado con pepitas de calabaza. Llevaba el pelo gris recogido en un moño.

También tenía las mejillas sonrosadas y un gracioso surco en la barbilla que se remarcaba cada vez que sonreía.

Apenas unos segundos después de que Mimosa hubiera entrado, la bruja ya estaba sirviendo té y un plato lleno de galletas. Mimosa adoptó su apariencia normal para sentarse más cómodamente en una de las butacas almohadilladas, y para poder tomar el té, ya que la taza y las galletas eran demasiado grandes para el tamaño de un hada.

—¿Qué te trae por aquí, bonita? —preguntó Prunella, al tiempo que le pasaba una servilleta.

Mimosa fue directamente al grano.

—Me gustaría que me diera una semilla para dejar de fumar.

Prunella no parecía en absoluto sorprendida ante tal petición, y miró a Mimosa con ternura. Parecía como si la bruja supiera exactamente el motivo por el que le estaba pidiendo aquella semilla, así como lo que le iba a suceder a Mimosa a causa de las acciones que planeaba.

Mientras asía un viejo libro de un elevado estante en la esquina, Prunella dijo:

—Es posible que pueda ayudarte, pero an-

tes deberías reflexionar sobre lo que vas a hacer. La Madre Naturaleza, madame Sapo y tu tutora no sabrán nada de esto hasta que hayas usado la semilla. Pero una vez utilizada, la magia será perceptible y lo averiguarán inmediatamente.

Tras aquellas palabras de consejo, Prunella empezó a pasar las páginas del deteriorado libro con mano experta.

—Sí —dijo, tras unos momentos de búsqueda—. Aquí está. La semilla para dejar de fumar. Veamos. Mmm... sí, requiere «voluntad de caminar, evitar la adicción, un considerable sacrificio, y afán de control» —comentó Prunella reservadamente, mirando a Mimosa con ojos solemnes—. Si quieres, puedo preparar la semilla y tenerla lista para mañana.

»Te daré una lista de plantas herbáceas que tienes que traerme como pago por la semilla —añadió la bruja—. Así es como suelen pagarme.

Acto seguido, Prunella sacó una lista ya escrita del bolsillo de su vestido. Mimosa leyó la hoja detenidamente antes de marcharse, para asegurarse de que no tenía ninguna duda. La lista incluía perejil, bayas de junípero, menta, tomillo, salvia, semillas de amapola y pétalos de lila.

—¿En qué sortilegios o pociones usa estos ingredientes? —se interesó Mimosa.

—Oh, no, bonita —contestó Prunella, con una risita traviesa—. No los uso en ningún sortilegio ni poción. Los uso para cocinar, para darle más sabor a la comida.

Mimosa sonrió mientras se guardaba la lista en el bolsillo y adoptaba nuevamente su forma de hada. Se despidieron y convinieron una hora para verse al día siguiente y realizar el intercambio.

Tan pronto como Mimosa llegó a su casa, envió un mensaje de nuez a Vincapervinca solicitando su ayuda para la mañana siguiente. Vincapervinca era la mejor hada para buscar plantas comestibles.

Cuando Vincapervinca llegó al día siguiente, las niñas le dijeron a la señora Welch que iban a dar un paseo y a jugar un rato en el parque, y que estarían de vuelta en menos de dos horas.

Con la experta ayuda de Vincapervinca, no necesitaron demasiado rato para encontrar todas las plantas. Mimosa no quería confesarle a su amiga por qué las necesitaba. No quería que Vincapervinca se metiera también en un lío. Además, pensó que posiblemente alguien intentaría detenerla si corría la voz de lo que estaba planeando.

Vincapervinca se fue a su casa pronto, sin intentar sacarle más información a Mimosa. Sabía que si su amiga ya había tomado una decisión, no podría hacer nada por detenerla.

A la hora acordada, Mimosa le entregó las plantas a Prunella.

—Aquí tienes, tal y como te prometí —dijo la bruja, al tiempo que le entregaba a Mimosa un pequeño sobre blanco de papel.

El sobre contenía una única semilla diminuta, de un color amarillo mostaza.

—Puedes agregarla a cualquier tipo de comida —le explicó Prunella—. Tan pronto como alguien engulla la semilla, surtirá efecto. —Entonces añadió—: Pero le he lanzado un sortilegio. No podrás usar la semilla antes del viernes. Eso te dará un poco más de margen para re-capacitar acerca de lo que planeas hacer, y sobre lo que perderás con esta acción.

Mimosa asintió, dio las gracias a Prunella y se marchó.

Capítulo cuatro

El Círculo Mágico

Mimosa asistió al Círculo Mágico el jueves con madame Monarca y su sobrina, Caléndula. En esa clase de encuentros, las hadas solían congregarse bajo árboles que revestían un especial significado para el fin de la reunión. En aquella ocasión iban a reunirse bajo un gigantesco moral situado en un rincón de un amplio parque sombrío. Mientras se acercaban al árbol, madame Monarca les explicó a Mimosa y a Caléndula que los morales simbolizaban el conocimiento y la sabiduría.

Con gran alborozo, las hadas dieron la bienvenida a tres nuevas hadas al Círculo Mágico que se celebraba aquel día. Valeriana, cuyo espíritu provenía de una flor y también de una planta herbácea; Flor de Luna, que era pálida y resplandecía con una luz intensamente blanca; y madame Mariposa, que tenía unas alas de mariposa de color gris y amarillo con motas anaranjadas.

Valeriana y Flor de Luna eran hermanas, y madame Mariposa era su abuela y tutora. Valeriana tenía siete años y Flor de Luna, nueve. Acababan de mudarse de Kentucky y estaban muy emocionadas de poder conocer por fin a sus nuevas amigas hadas. Sus manuales mágicos eran de un color verde pálido.

Tradescantia y Romero estaban especialmente entusiasmadas de que Valeriana se hubiera unido al grupo. Durante mucho tiempo, ellas habían sido las únicas hadas con espíritu de planta herbácea en la región. A pesar de que había muchas flores que se usaban como si fueran hierbas, las flores de la valeriana realmente encajaban en la categoría de hierbas por sus utilidades medicinales.

Mimosa se dirigió inmediatamente hacia Cardencha, que se hallaba sentada en una roca cerca del tronco del moral. Cardencha

sonrió al ver que se le acercaba su amiga, pero Mimosa no vio ningún rastro de la alegría y del buen humor que caracterizaban a su querida compañera. Cardencha ofrecía un aspecto muy cansado.

En primavera, Cardencha había tenido una nueva hermanita, Emily. Aquel verano, Cardencha se había comprometido a ayudar a su madre en todo lo que fuera posible. Contribuía a limpiar la casa, a cocinar, a participar en las labores del jardín y a cuidar a Emily. A pesar de que su madre no le había pedido tanta ayuda, Cardencha quería asegurarse de que ésta disponía del tiempo necesario para descansar.

Además, a Cardencha le gustaba pasar mucho rato con su hermanita pequeña. Emily también había recibido un espíritu mágico: el de una flor de ranúnculo. Por supuesto, Emily no sabría nada sobre su espíritu mágico hasta que fuera un poco mayor; pero Cardencha estaba entusiasmada de poder compartir algo tan especial con su hermanita.

Aquel día madame Petirrojo iba a participar en el Círculo Mágico. Era la tutora de Cardencha, y en el futuro también la asignarían como tutora de Ranúnculo. Madame Petirrojo era diferente al resto de las hadas tutoras porque no era un hada. En realidad era un petirrojo, que había sido encantado muchos años antes para vivir una larga vida y disponer del don de saber hablar en público.

Durante la primavera y a principios del verano, madame Petirrojo no había podido asistir a ningún Círculo Mágico porque había estado ocupada preparando su nido, incubando los huevos y luego cuidando a sus polluelos.

Muchas hadas jóvenes corrieron a saludar a madame Petirrojo, abrazándola mientras ella gorjeaba y trinaba con su bello canto. Todas apreciaban a madame Petirrojo.

Mimosa se puso a hablar animadamente con algunas de sus amigas hadas, entre las que estaba Libélula, Tulipán, Boca de Dragón, Zarzamora, Cisthene, Dondiego de Día, Azucena y Luciérnaga.

La mayoría de las hadas ya eran capaces de acercarse a Malva Loca solas y hablar con ella sin ninguna dificultad. Durante bastantes meses, numerosas hadas se habían apuntado a clases de lenguaje de signos para poder comunicarse con Malva Loca. Primavera y madame Macaón tenían amplios conocimientos de este lenguaje para sordos y normalmente le servían de intérprete a Malva Loca, pero ahora ya no tenían que hacerlo tan a menudo porque eran muchas las hadas que estaban aprendiendo el lenguaje de signos.

Todas las hadas degustaron un refrigerio compuesto por pastelitos de hojaldre espolvoreados con azúcar, gominolas de limón, rodajas de dátiles en forma de rueda de carro, dulces de azúcar y mantequilla caseros, frambuesas, mantequilla de cacahuete y empanadas de crema de malvavisco. También bebieron cerveza de regaliz y un refrescante néctar dulzón exprimido de brotes de madreselva. Cuando madame Sapo llamó la atención de las congregadas para iniciar la sesión, las hadas estaban a punto de explotar, después del exquisito festín.

—Tenemos otro problema que requiere nuestra atención —anunció madame Sapo con su voz clara y poderosa—. El Espíritu de la Sapiencia nos ha pedido ayuda para rescatar a su sobrina. Se trata de la bibliotecaria de la Biblioteca de los Siglos, que forma parte del Río de la Sabiduría. Por lo visto, el Espíritu de la Ignorancia la ha raptado, y tenemos que hallar la forma de liberarla.

»Es probable que queráis consultar varios conceptos en vuestro Manual de las Hadas para comprender mejor el caso —añadió madame Sapo—. Pero antes que nada, dejadme que os diga qué hadas intervendrán en la expedición. He decidido que Mimosa encabece esta misión. Tradescantia y Zarzamora la acompañarán, y madame Monarca las supervisará.

Tradescantia era el hada que poseía los dones de una inteligencia y una intuición excepcionales, así como una tremenda destreza para resolver problemas. Tenía unas extensas alas azules y un vestido confeccionado con unas hojas largas, verdes y puntiagudas de tradescantia, con florecillas de color azul brillante diseminadas por el corpiño y por la falda. Llevaba su pelo rubio con reflejos caoba sujeto con una corona cubierta de diminutas flores de tradescantia, y su varita era una pequeña pluma de color rojo cardenal.

El verdadero nombre de Zarzamora era Lauren Kelley. Lucía un vestido verde confeccionado con hojas de parra, y entre las hojas despuntaban unas diminutas zarzamoras. Tenía el pelo corto y negro, unas pequeñas alas verdes, y una varita mágica hecha con una reluciente hebra de pelo de cola de unicornio trenzada. Como singular don de hada, Zarzamora poseía unos extensos conocimientos generales y una portentosa sabiduría. Conocía leyendas y acontecimientos de la historia, y se asemejaba a una enciclopedia andante.

El don especial de madame Monarca consistía en una increíble fuerza y resistencia. También tenía un porte destacadamente majestuoso, con unas largas alas de color naranja y negro que refulgían intensamente bajo la luz del sol. Su varita era una reluciente semilla de diente de león.

Madame Sapo volvió a tomar la palabra para darles las últimas instrucciones.

—El Espíritu de la Sapiencia no ha podido venir hoy aquí para buscaros porque tiene que reemplazar a su sobrina en la biblioteca hasta que ésta regrese, pero ha enviado su ascensor mágico que os llevará hasta él.

Las hadas se miraron las unas a las otras con ostensibles muestras de desconcierto.

—Lo sé —dijo madame Sapo, sacudiendo la cabeza—. Yo tampoco había oído hablar de ascensores mágicos, pero os aguarda detrás del tronco del árbol. Cuando hayáis acabado de consultar vuestros Manuales de las Hadas, el ascensor os transportará hasta el Río de la Sabiduría.

Mientras Mimosa, Zarzamora y Tradescantia, junto con madame Monarca, se reunían para consultar determinada información en sus manuales, el resto de las hadas se apelotonaron alrededor del tronco del árbol para examinar el ascensor mágico. El ascensor era cuadrado, del tamaño de una sombrerera, y de un intenso color dorado. La tapa y los costados de la caja dorada estaban cubiertos por unos intrincados relieves y unos símbolos extraños.

Zarzamora fue a despedirse de su abuela y tutora, madame Vara de Oro, antes de unirse a las otras hadas de la expedición.

—¿Por qué no me ha elegido a mí para encabezar esta misión? —preguntó—. Soy el hada que posee el don de la sabiduría y extensos conocimientos.

Madame Vara de Oro contestó a su nieta con un tono un poco severo.

—Sí, es cierto que tienes unos grandes conocimientos. Sin embargo, la verdadera sabiduría tarda bastantes años en desarrollarse. La sensibilidad y la preocupación por los demás que muestra Mimosa son dos dones mucho más poderosos y valiosos cuando se es joven. Las cualidades de comprender y preocuparse por los demás están estrechamente relacionadas con la sabiduría —agregó el hada tutora—. Algún día tú también encabezarás una misión, Zarzamora, pero sólo cuando tu sabiduría se haya desarrollado mucho más, y para ello es necesario la aportación de experiencias a lo largo de muchos años de vida.

Cuando Zarzamora se unió al resto del grupo, todas se sentaron en un círculo, y Mimosa leyó en voz alta la primera descripción relevante del Manual de las Hadas:

Espíritu de la Sapiencia: *También conocido como Mago, el Espíritu de la Sapiencia es el vigilante del Río de la Sabiduría, que alberga la Biblioteca de los*

Siglos. Una ninfa trabaja para él como bibliotecaria.

A continuación, Mimosa buscó el término *Río de la Sabiduría*:

Río de la Sabiduría: El Río de la Sabiduría mide mil ciento cuarenta y cinco kilómetros de largo. Contiene la Biblioteca de los Siglos, que está constituida por todos los conocimientos de la humanidad. El Espíritu de la Sapiencia se encarga de custodiar el Río de la Sabiduría, ayudado por una ninfa que trabaja de bibliotecaria.

—¿Qué es exactamente una ninfa? —preguntó Tradescantia. Acto seguido, Mimosa buscó el término en el manual:

Ninfas: Las ninfas son unas jóvenes hermosas y mágicas que habitan en bosques, ríos, montañas, mares, praderas y árboles. A menudo trabajan para personajes que ocupan posiciones distingui-

das o de poder, como por ejemplo el Espí-
ritu de la Sapiencia. Las ninfas enveje-
cen muy lentamente, como las sirenas,
los tritones y los sátiros, y pueden vivir
cientos de años. Se dice que las ninfas
tienen la habilidad de capturar unicor-
nios, aunque esa creencia no ha sido de-
mostrada.

Por último, Mimosa consultó el término *Espí-*
ritu de la Ignorancia:

Espíritu de la Ignorancia: Tam-
bién conocido como Bobalicón, el Espí-
ritu de la Ignorancia pretende eliminar
del mundo cualquier vestigio de conoci-
miento y sabiduría. Tiene la habilidad
de disuadir a la gente de las intencio-
nes intelectuales con la promesa de ofre-
cerles una vida más placentera, có-
moda y llena de felicidad. Se parece
mucho a un vendedor ambulante que
va por los pueblos ofreciendo atajos, el
camino más fácil, premios no mereci-
dos, sueños inútiles, olvido, repulsión,

*evasión de la realidad, apatía, escucha
selectiva, tolerancia excesiva, pereza y
prejuicios.*

Cuando Mimosa acabó de leer, las integrantes de la misión se despidieron de madame Sapo y rodearon el tronco del árbol para entrar en el ascensor dorado.

Madame Sapo se encargó de llevar a Caléndula en coche de regreso a casa, ya que sabía que pasaría bastante tiempo antes de que madame Monarca regresara, y la distancia hasta la casa de Caléndula habría sido excesiva para permitir que la joven hada la recorriera volando.

Capítulo cinco

El Río

de la Sabiduría

ristemente se dieron cuenta de que el ascensor dorado mágico era un poco estrecho en su interior. Madame Monarca y Tradescantia chocaron varias veces con las alas mientras intentaban acomodarse. Tan pronto como las cuatro hadas hubieron entrado en el ascensor, la puerta se cerró muy despacio. Las hadas no notaron que el ascensor se moviera. Después de lo que les pareció menos de un minuto, la puerta volvió a abrirse, y nuestras amigas vieron ante sus ojos un precioso río resplandeciente. El sol se reflejaba luminosamente en la superficie del agua, como si les hiciera guiños con los ojos.

El Espíritu de la Sapiencia, ojeroso y agotado,

corrió hacia ellas para darles la bienvenida. Era del tamaño de una persona normal y corriente, tenía el pelo corto y gris, y lucía una túnica larga y vaporosa de color lila. Todo su cuerpo refulgía suavemente, como si fuera una lamparita enchufada a la corriente eléctrica.

—No sabéis cuánto me alegra vuestra llegada —suspiró el espíritu—. Me llamo Mago.

En un abrir y cerrar de ojos, Mago hizo chascar los dedos y a su lado se materializó un pequeño taburete dorado. Se sentó en él, frente a las hadas, antes de continuar.

—¡Qué necio he sido! —se lamentó, sacudiendo la cabeza—. Hace un par de días vi al Espíritu de la Ignorancia flotando por aquí cerca; debería haberlo ahuyentado. Pero Bobalicón nunca había cometido una fechoría similar. Normalmente centra toda su atención en los seres humanos.

»Salvia es mi sobrina —añadió el espíritu—. Trabaja para mí como bibliotecaria. He de admitir que ayer por la noche bebí demasiado vino de saúco, y me quedé adormilado. Bajé la guardia. Bobalicón la secuestró por la tarde. Antes de continuar, quiero enseñaros la biblioteca.

Acto seguido, Mago se puso de pie y hundió la mano en el bolsillo de su túnica. Después lanzó un puñado de un polvo brillante anaranjado al aire, sobre el río. La nube de polvo relució intensamente durante un segundo. En el área dónde había caído el polvo, aparecieron unas largas filas de libros, papeles y pergaminos, pero sólo por unos breves instantes.

—La biblioteca flota sobre el río —explicó Mago—. Es invisible, por supuesto. ¿Qué pensaría la gente si viera mil ciento cuarenta y cinco kilómetros de libros, revistas, rollos de pergaminos, periódicos, tablillas, cartas, fotografías, anales, vídeos y muchos DVD flotando? Los materiales en la biblioteca están organizados tanto por orden alfabético como por orden cronológico en dos hileras duplicadas. Cuando alguien requiere un conocimiento específico, los vencejos se encargan de entregarle el objeto requerido, transportándolo en sus alas.

Las hadas observaron diversos vencejos que sobrevolaban el río, serpenteando y en círculos, obviamente buscando determinados materiales de la biblioteca.

—Cuando ya no necesitan más la informa-

ción, los vencejos vuelven a colocar los objetos de referencia en los depósitos situados a lo largo del río. Salvia es una excelente bibliotecaria, rauda y organizada. En menos que canta un gallo, archiva los documentos en su lugar correspondiente, para que estén disponibles para futuros usos.

Entonces, el Espíritu de la Sapiencia preguntó:

—¿Tenéis alguna pregunta antes de que os indique cómo hay que empezar a buscar a Bobalicón y a Salvia?

—Si la biblioteca contiene conocimientos, ¿por qué el río se denomina Río de la Sabiduría? —quiso saber Tradescantia.

—¡Una pregunta muy inteligente, sí, señor! —apuntó Mago—. Es verdad que la sabiduría no es lo mismo que el conocimiento. Pero el conocimiento forma parte de la sabiduría. Es la raíz, la base y el principio de la sabiduría. A medida que progresamos a lo largo de la vida, vamos desarrollando la sabiduría a partir de nuestras propias experiencias. Eso engloba muchos años de tomar decisiones, reconocer errores, preocuparnos por la humanidad, incrementar nuestro sentido de la tolerancia y aprender a apreciar las situaciones en su totalidad. El sentido común y el buen juicio se desarrollan tras muchos años, cuando aprendemos a usar correctamente nuestros conocimientos. Eso es la verdadera sabiduría.

Las otras hadas no tenían ninguna pregunta, así que Mago prosiguió.

—El Espíritu de la Ignorancia suele rondar por varios sitios. Normalmente lo veo haciendo el remolón sobre inmensas rocas a lo largo de la orilla del río, o flotando flemáticamente en su casa de paja. Conozco a alguien que probablemente os podrá ayudar a encontrarlo. Venid, os lo presentaré.

Las hadas acompañaron a Mago mientras éste recorría la orilla del río. Sus ojos buscaban algo en el agua, con gran interés. Tras unos minutos, se detuvo y gritó:

—¡Ju-ju!

Dos segundos más tarde, un esplendoroso y enorme pez saltó fuera del agua y permaneció suspendido en el aire justo delante de las hadas. Era precioso, de un color naranja luminoso, con unas finas vetas negras y manchas plateadas. Las

aletas y las escamas de Ju-ju resplandecían como una reluciente copa expuesta al sol, y sus enormes ojos eran de un bellísimo y penetrante color azabache.

—¡Mis queridas hadas! ¡Hola! ¡Hola! —gritó Ju-ju, arrebolado de alegría. Todas las hadas sonrieron y se presentaron.

—Ju-ju estaba aquí cuando Bobalicón se llevó a Salvia —expuso Mago—. Es un buen amigo de mi sobrina, y siempre procura no quitarle el ojo de encima al Espíritu de la Ignorancia.

—Los dos ojos, para ser más precisos —aseveró Ju-ju—. Os ayudaré a encontrarlo. Creo que sé el camino que suele tomar hasta su casa de paja.

Entonces Mago dijo:

—Os deseo mucha suerte. Ahora tengo que volver al trabajo. —Se despidió saludando con el brazo, y reanudó la actividad de colocar todos los materiales de la biblioteca en el lugar que les correspondía, sustituyendo a la bibliotecaria ausente.

Capítulo seis

Bobalicón y Salvia

u-ju se puso en camino sin perder ni un segundo. De hecho no volaba, sino que más bien nadaba por el aire. Mientras nadaba, charlaba animadamente con sus nuevas compañeras de viaje.

—Es la primera vez que conozco a un hada. Antes había visto hadas, sí, en la orilla del río.

Las hadas no sintieron la necesidad de decirle a Ju-ju que nunca antes habían conocido a un pez hablador que nadara por el aire. En vez de eso, se limitaron a sonreír.

—Me apena mucho lo que ha sucedido —comentó Ju-ju a continuación—. Por favor, tenéis que rescatarla. Salvia es mi amiga. Si Bobalicón la mantiene prisionera, la obligará a trabajar en su Escuela de la Estupidez, ayudándolo a inducir engañosamente a los demás a la ignorancia.

Las hadas siguieron a Ju-ju todavía más alto, por encima de las nubes, en busca de la morada de Bobalicón. Después de volar durante una hora más o menos, divisaron la casa reluciente a lo lejos. La estructura estaba montada sobre una algodonosa nube blanca. La enorme casa estaba construida con una brillante paja dorada, trenzada con mucho garbo, como si fuera una graciosa cestita.

En realidad no existía ninguna forma de llamar a la puerta, porque nadie oiría los golpes en la paja. Así que Mimosa dijo, alzando la voz:

—¡Hola! ¿Hay alguien ahí?

Una voz remolona contestó desde el interior.

—Pasa.

Todas las hadas entraron y mantuvieron la puerta abierta para que Ju-ju pudiera pasar.

El Espíritu de la Ignorancia también tenía el tamaño de una persona normal y corriente, como el Espíritu de la Sapiencia. Se hallaba apoltronado en una imponente tumbona azul turquesa, e iba ataviado con un albornoz de rizo de color verde y unas esponjosas pantuflas de un rosa intenso. La enorme tumbona estaba reclinada tanto como era posible, y sus pies enfundados en las esponjosas pantuflas rosas quedaban completamente alzados en el aire.

La ninfa estaba sentada en un rincón de la sala, en un pequeño taburete muy similar al que Mago se había sentado junto al río. Salvia era una jovencita muy hermosa. Su pelo, largo y ondulado, era de color caoba, y miraba a los recién llegados con unos amables ojos grises. Llevaba un vaporoso vestido verde plateado. Los rayos del sol se filtraban juguetonamente a través de las paredes de la casa de paja para iluminar su vestido y su pelo. Salvia no dijo nada. Se limitó a mirarlos con aflicción y tristeza.

El único mobiliario de la sala, aparte de la tumbona y del taburete, era una larga mesa de madera sobre la que reposaba un decantador de vino y una copa de cristal.

Ju-ju nadó volando hasta el rincón para estar con Salvia, mientras las hadas se acercaban a Bobalicón.

—Vaya, vaya. ¡Cuántos invitados a la vez! —empezó a decir el espíritu, arrastrando cada una de las

sílabas—. Veo que no estoy perdiendo mi magnetismo.

—No hemos venido incitadas por tus promesas. Te estábamos buscando —alegó Mimosa.

—Entiendo. ¿Qué puedo hacer por vosotras? —preguntó el espíritu perezosamente, bostezando.

—La bibliotecaria ha de regresar al Río de la Sabiduría —replicó Mimosa—. La necesitan sin falta. —Tras una pausa, Mimosa le preguntó—: ¿La dejarás marchar?

—Me temo que no puedo hacerlo —contestó Bobalicón, con otro bostezo—. Veréis, ella ha venido por su propia voluntad.

Tradescantia habló a continuación.

—Veo que tienes un poco de vino de saúco en la mesa. ¿Quieres que te sirva una copa?

—Oh, te lo agradezco muchísimo —replicó Bobalicón—. Sí, me apetece una copa.

Tradescantia recordó que Mago les había comentado que había bebido más vino de la cuenta y que por eso había bajado la guardia. Nuestra intrépida amiga esperaba conseguir el mismo efecto con Bobalicón. Quitó el tapón del decantador al tiempo que madame Monarca alzaba su varita para lanzar un sortilegio sobre el pesado decantador y la copa con el fin de que las hadas pudieran alzarlos. «¡Más ligeros!», pronunció la tutora, mientras un fino hilo de luz dorada emanaba por la punta de la reluciente semilla de diente de león.

Tras lanzar el sortilegio *Antigravedad*, madame Monarca y Zarzamora no tuvieron ningún problema en verter un poco de vino en la copa y llevársela a Bobalicón.

Él les dio las gracias efusivamente y, tras tomar unos sorbos, suspiró.

—Ahhhhh, justo lo que necesitaba.

Mimosa se encaramó en el apoyabrazos de la tumbona y le dedicó una sonrisa obsequiosa al Espíritu de la Ignorancia. Tradescantia, Zarzamora y madame Monarca se sentaron juntas en el borde de la mesa, esperando, y Ju-ju permaneció en el rincón con Salvia para hacerle compañía. La ninfa seguía sin hablar. Simplemente se mantenía cabizbaja.

Tras tomarse tres copas llenas de vino de saúco, Bobalicón empezó a referirle a Mimosa todos sus infortunios. Su voz era un poco quejumbrosa porque se lamentaba de su mala suerte, y

arrastraba flemáticamente las palabras a causa del efecto del vino. Pero puesto que Mimosa tenía el don de saber escuchar, él se mostró más que encantado de poder desahogarse con ella, explicándole todos sus pesares y problemas.

El espíritu le comentó su enojo por todo el énfasis que se ponía en la enseñanza escolar en aquellos días, y en que los niños aprendieran a leer a tan temprana edad, y que más gente que nunca fuera a la universidad, y se quejó de la lentitud de su negocio en los últimos años.

Mimosa lo escuchaba sosegadamente, asintiendo y comprendiéndolo.

—Debe de resultar muy frustrante para ti tener que experimentar tantos cambios —admitió ella.

Bobalicón asintió, feliz de que alguien comprendiera su desdicha. Siguió contándole todas sus frustraciones, y ella continuó escuchándolo y asintiendo con la cabeza.

Una hora más tarde, cuando el espíritu ya se había desahogado por completo, Mimosa le dijo:

—Comprendo el mal trago que estás pasando, y lo duro que resulta para ti. Pero la Biblioteca de los Siglos está patas arriba sin la ninfa; de verdad, la necesitan urgentemente para que restablezca el orden. ¿No hay nada que pueda cambiar tu negativa de dejarla en libertad?

Los ojos de Bobalicón brillaron y el espíritu se incorporó un poco de la tumbona, olvidando por unos momentos todas sus penas. Se inclinó hacia delante y se frotó las manos, como si se preparase para hacer un trato.

—¿Qué te parecería un intercambio? —sugirió él—. Me encantaría que un hada primorosa me hiciera compañía. Cualquiera de vosotras servirá —proclamó, al tiempo que echaba un vistazo a Zarzamora, Tradescantia y madame Monarca.

Mimosa se apresuró a contestar:

—Lamentablemente, no sólo somos hadas; también somos niñas. Tenemos familias y responsabilidades, y nos echarían de menos. Ninguna de nosotras se puede quedar contigo.

Bobalicón se quedó un poco abatido con la respuesta del hada, por lo que Mimosa añadió rápidamente:

—¿Qué más te gustaría?

85

Ante tal pregunta, Bobalicón volvió a sentarse en la tumbona.

—Bueno, la verdad es que estoy hambriento. Supongo que podría intercambiarla por un poco de comida.

Mimosa desvió la vista hacia madame Monarca, Tradescantia y Zarzamora, y éstas clavaron los ojos en su compañera. Después se miraron entre ellas, claramente sorprendidas.

Tras una larga pausa, las tres hadas se pusieron de pie en la mesa y empezaron a planear un elaborado menú para Bobalicón. Mimosa continuó haciéndole compañía mientras madame Monarca instruyó a Tradescantia y a Zarzamora acerca de diversos *Sortilegios para crear comida* que podían lanzar con sus varitas.

Apenas unos veinte minutos más tarde, la mesa estaba repleta hasta los bordes con un opulento banquete a base de pollo asado, costillitas de cordero a la brasa, bistec asado a la parrilla, mazorcas de maíz untadas con mantequilla, puré de boniatos, cinco tipos de salsas de densa consistencia, espárragos al vapor, calabacín con una cremosa salsita a las finas hierbas, diversos tipos de pan, ensalada de pasta, dos tartas, un pastel de manzana, y un poco de turrón de cacahuete casero.

Las hadas se estaban divirtiendo de lo lindo. Zarzamora reía, mientras les comentaba a sus amigas:

—¡Esto os encantará!

Apuntando con su varita, dibujó un pequeño círculo en el aire y pronunció: «¡Mermelada de arándanos!». Lo primero que apareció fue una nubecita de humo negro de la punta de su reluciente varita blanca, y después un pequeño bote de mermelada de arándanos. Entonces Zarzamora añadió:

—Los arándanos son frutos del bosque, como las zarzamoras.

Unos pocos minutos más tarde, Bobalicón se levantó de la tumbona y arrastró sus pies enfundados en las pantuflas de color rosa hasta la mesa. Dio las gracias a las hadas, soltó a la ninfa, y se instaló cómodamente en una silla para degustar el opíparo almuerzo.

Las hadas no tuvieron ni tiempo para planificar cómo iban a bajar a la ninfa de la casa colgada en las nubes porque Ju-ju les informó:

—Salvia puede volar. El sortilegio de volar

forma parte de su trabajo, ya que la biblioteca flota sobre el río. También puede nadar —añadió entusiasmado—. ¡Nos encanta nadar juntos, siempre que podemos!

Mientras las hadas, Salvia y Ju-ju se alejaban volando de la casa de paja, Tradescantia dijo:

—La verdad es que la misión ha sido realmente fácil.

—Bobalicón no es muy inteligente —replicó Zarzamora—. Por eso es el Espíritu de la Ignorancia.

De regreso al río, Salvia les confesó a las hadas:

—Me siento muy avergonzada. Fue tan fácil seguirlo. No puedo creer que fuera tan estúpida.

—Todo el mundo comete errores —la reconfortó Mimosa—. Lo esencial es que aprendamos de ellos y sigamos adelante.

—Definitivamente, he aprendido la lección —aseguró la ninfa—. Nunca más volveré a caer en la misma trampa. Lo importante es hacer lo que es correcto, no sólo lo que es más fácil.

Mago se puso contentísimo al ver a su sobrina y la abrazó con fuerza. El espíritu y la ninfa dieron las gracias profusamente a las hadas por su ayuda.

Ju-ju nadó alrededor de ellas, rebosante de alegría.

—¡Sí! ¡Gracias! ¡Gracias, mis queridas hadas!

El ascensor mágico transportó a las hadas de nuevo hasta el moral, y madame Monarca llevó a Tradescantia, Zarzamora y Mimosa a sus casas en su monovolumen de color verde lima.

Mimosa fue la última en apearse, y madame Monarca le dio un efusivo abrazo al tiempo que le decía:

—Hoy has hecho un trabajo excelente.

Mimosa sonrió, y suspiró, mientras se despedía de su tutora. Sin embargo, no se quedó en la calle mirando cómo madame Monarca se alejaba en coche, ni tampoco se despidió de ella saludando con el brazo. Había tomado una decisión, y de nada serviría arrepentirse de antemano. Además, tampoco deseaba prolongar la sensación de aflicción más tiempo del necesario.

Capítulo siete

El segundo

Círculo Mágico

Mimosa se despertó muy temprano a la mañana siguiente y envió a Vincapervinca un mensaje de nuez que había redactado la noche anterior. Después de entregárselo al simpático pajarito que a menudo repartía sus mensajes de nuez, Mimosa permaneció junto a la ventana por unos momentos, observando al pájaro mientras éste se alejaba.

En menos de un minuto, el pájaro se convirtió en un puntito en la distancia, apenas visible en medio del pálido cielo azul turquesa.

Mimosa se puso el batín y enfiló hacia la cocina. Llenó dos cuencos con sus cereales favoritos, y sacó la diminuta semilla de color amarillo

mostaza del sobre de papel. A continuación, con la ayuda de un palillo, hizo un pequeño agujero en uno de los cereales e introdujo cuidadosamente la semilla. Su madre apareció justo cuando Mimosa estaba vertiendo la leche sobre los cereales.

Cuando acabaron de desayunar, Alexandra ya no era un hada, y no recordaba haberlo sido nunca.

Madame Sapo organizó un Círculo Mágico especial el domingo por la mañana. Todas las hadas congregadas estaban muy calladas, porque muchas ya sabían que habían perdido a Mimosa. Se reunieron debajo de un robusto nogal rojo. Los nogales podían ver el futuro y eran unos árboles muy viejos y sabios. Cada hada recibió una bonita vela de color melocotón para que la encendiera como tributo a su querida amiga.

Madame Monarca se dirigió primero a las hadas:

—Como muchas de vosotras ya sabéis, Mimosa ya no está entre nosotras. Alexandra está bien, pero ya no posee un espíritu mágico. Tomó la decisión de perderlo con el fin de ayudar a su madre a dejar de fumar. Estoy segura de que resultó una decisión sumamente difícil para ella.

»Lo que os voy a decir ahora es muy importante, así que prestad mucha atención —añadió madame Monarca—. Por favor, a partir de ahora, cuando veáis a Alexandra, recordad que no debéis comentarle nada sobre vuestras actividades mágicas. Alexandra ahora ya no recuerda ningún detalle de su vida como hada, y lo único que conseguiríais sería confundirla. Si descubriera que antes había sido un hada, probablemente se entristecería muchísimo al darse cuenta de lo que había perdido.

—¿Y no puede la Madre Naturaleza hacer una excepción? —preguntó Primavera, con voz temblorosa—. Alexandra ha hecho una buena acción.

Madame Monarca sacudió la cabeza con tristeza.

—Es una regla firme. No hay excepciones, ni tan sólo por una buena causa.

—¡Cómo me gustaría que hubiera un modo de que su madre se enterase del enorme sacrificio que su hija ha realizado por ella! —agregó

Azucena. Varias hadas asintieron en señal de conformidad.

Vincapervinca tomó la palabra a continuación, para leer una nota de Alexandra:

Siento mucho no haber tenido la oportunidad de despedirme de todas vosotras en persona. Os echaré mucho de menos. Por favor, no estéis tristes por mí. He tomado una decisión, y me siento feliz con ella. Seguiré gozando de una buena vida, a pesar de que será una vida sin la magia de las hadas. Y seguiré en contacto con muchas de vosotras en la escuela y en el Club infantil, así que no os perderé por completo, aunque sé que ya no podréis compartir conmigo vuestros secretos mágicos. Creo que en mi corazón quedará algún recuerdo de todas mis vivencias como hada, a pesar de que éstas se borren completamente de mi mente.

Os quiero,
Alexandra

Acto seguido, madame Monarca volvió a tomar la palabra.

—Sé que todas la echaremos mucho de menos. Pero se nos ha concedido la insólita posibilidad de echar un vistazo al futuro con la ayuda

Siento mucho no haber tenido la oportunidad de despedirme de todas vosotras en persona. Os echaré mucho de menos. Por favor, no estéis tristes por mí. He tomado una decisión, y me siento feliz con ella. Seguiré gozando de una buena vida, a pesar de que será una vida sin la magia de las hadas. Y seguiré en contacto con muchas de vosotras en la escuela y en el Club infantil, así que no os perderé por completo, aunque sé que ya no podréis compartir conmigo vuestros secretos mágicos. Creo que en mi corazón quedará algún recuerdo de todas mis vivencias como hada, a pesar de que éstas se borren completamente de mi mente.

Os quiero,
Alexandra

de la Madre Naturaleza y de este roble. Hay cosas que podemos saber sobre el porvenir de Alexandra. De toda esta historia, podemos sacar algo positivo: su madre no volverá a fumar nunca más.

»Alexandra acabará por convertirse en una asesora profesional. Durante muchos años ejercerá un efecto positivo sobre muchas personas, e influirá enormemente en sus vidas.

»Además —continuó madame Monarca—, Alexandra Hastings nació con una personalidad sensible y comprensiva, siempre preocupada por los demás. Estas cualidades ya eran innatas en su personalidad, dejando de lado su espíritu mágico, por lo que en realidad no ha perdido su don singular.

»Y me siento orgullosa de poderos anunciar que hay otra hada Mimosa en nuestra región. Sólo tiene dos años, por lo que no descubrirá su espíritu mágico hasta dentro de un tiempo. Cuando se una a nuestro grupo, le hablaremos de la primera Mimosa y de su sacrificio. Ya hemos apartado el Manual de las Hadas de Alexandra y su varita con el fin de asignarlos a la nueva Mimosa cuando llegue el momento. Los guardaremos hasta que la nueva hada descubra su espíritu mágico.

»Por último, quiero que sepáis que la madre de Alexandra volverá a casarse en un futuro próximo. Tendrá una segunda hija que también será agraciada con un espíritu mágico. Cuando llegue el momento de que la pequeña se una a nosotras, nos aseguraremos de que conozca la historia de su hermana.

Las hadas permanecieron sentadas en silencio durante un rato; muchas se abrazaban y lloraban. Todas iban a echar de menos a Mimosa, pero también admiraban la decisión de Alexandra y estaban contentas por ella.

Capítulo ocho

El inicio

Todo el fin de semana había sido espléndido. Alexandra y su madre se habían pasado prácticamente todo el sábado haciendo compras, recados, paseando, jugando al Scrabble, y viendo la tele juntas.

El domingo brillaba el sol y la mañana era esplendorosa cuando Alexandra y su madre se sentaron a desayunar. Hacía tres días seguidos que la señora Hastings no había sentido ni el más mínimo deseo de encender un cigarrillo. Estaba extremamente contenta y orgullosa de sí misma.

—Es evidente que algo ha funcionado, quizá la hipnosis —comentó.

Alexandra también se sentía feliz por el logro; y en cierto modo se sentía orgullosa, también, como si tuviera la sensación de haber contribuido de alguna manera.

Charlaron animadamente durante un buen rato. La conversación se centró básicamente en la posibilidad de comprar una casa nueva. La señora Hastings llevaba mucho tiempo ahorrando para poder dar una entrada, y pensaban ponerse a buscar en serio a partir del mes siguiente. Si todo salía tal y como habían planeado, pasarían la Navidad en la nueva casa, o posiblemente el Día de Acción de Gracias.

Un poco más tarde aquella mañana, Alexandra decidió salir a dar un paseo sola hasta el parque. Antes de marcharse, cogió un puñado de pasas doradas de una caja en la cocina. Después tomó un puñado de gominolas de limón de un enorme bote y se las guardó en el bolsillo para llevárselas al parque. No tenía ni idea de por qué le gustaban tanto las pasas doradas y las gominolas de limón, pero no podía evitar pensar que eran realmente deliciosas. Aquella mañana también sentía unas ganas incontenibles de comer mantequilla de cacahuete y empanadas de

crema de malvavisco. Pero para hacerlo tendría que esperar hasta la hora de comer.

De camino hacia el parque, Alexandra pasó por delante de una mimosa y se detuvo. Era el árbol más bonito en Evans Street. Su madre también compartía su opinión. De hecho, estaban planeando plantar una mimosa en el jardín de su nueva casa. Los delicados brotes resplandecían bajo la luz del sol, y las hojas similares a helechos se encogían con el contacto de la brisa. Alexandra aspiró el aroma a melocotones maduros de los brotes, y sonrió, mientras continuaba su paseo hacia el parque. Tenía el sol a su espalda, y se divirtió admirando su sombra, que bailaba delante de ella, casi como si la guiara hacia un importante viaje.

Mientras caminaba, Alexandra se tocó distraídamente la pequeña cajita de plata que llevaba colgada de la cadena alrededor del cuello. Por alguna razón, notaba unas vibraciones entrañables y positivas asociadas con aquella cajita. No podía recordar de dónde había sacado el collar, ni quién se lo había regalado. Debía de haber sido mucho tiempo atrás, probablemente cuando era pequeña. Quizá se lo había regalado su padre. Le reconfortaba sostener la cajita en la mano. El collar hacía que se sintiera protegida y a salvo.

En el parque, Alexandra se fijó en varios vencejos que volaban en círculos como si estuvieran llevando a cabo una importantísima labor. Uno de los pájaros planeó a ras del suelo, y sus ojos de color castaño dorado adoptaron un intenso brillo cuando la miró al pasar.

Sentada en un columpio, Alexandra se sentía muy feliz mientras observaba cómo los demás niños jugaban y los vencejos pasaban volando tan cerca. A la mañana siguiente empezaría el nuevo curso escolar, y la verdad era que tenía ganas de volver a la escuela. Últimamente había estado pensando mucho acerca de su futuro, y quería aplicarse en los estudios para poder ir a una buena universidad.

De camino a casa desde el parque, Alexandra sintió una extraña necesidad de saludar a una regadera en el jardín del señor Johnson. El sentimiento era tan poderoso que se detuvo por unos instantes y escrutó la regadera de aluminio con sumo interés.

Mientras reanudaba la marcha, Alexandra se puso a pensar en el verano que tocaba a su fin. Normalmente no le gustaba que se acabaran las vacaciones ni tampoco el hecho de tener que volver a la escuela. Aquel año, sin embargo, el final del verano se le antojaba como algo completamente positivo. Para Alexandra, era un inicio.

Fin

Diversiones de las hadas

Zarzamora entrevista a Ju-ju

Zarzamora: ¿Dónde naciste?
Ju-Ju: En un estanque mágico lleno de azucenas, en el jardín de una giganta.

Zarzamora: ¿Cómo aprendiste a nadar por el aire?
Ju-ju: Gracias a un libro de la biblioteca sobre pájaros y aviones.

Zarzamora: ¿Te costó mucho aprender?
Ju-ju: La primera vez estaba realmente aterrorizado, porque noté que me entraba aire por la boca. Entonces recordé que era un pez mágico y que podía respirar aire, así que después ya no tuve miedo.

Zarzamora: ¿Qué te gusta comer?
Ju-ju: Sandía, galletitas saladas
con sabor a queso y lombrices.

Zarzamora: ¿Cuáles son tus aficiones
favoritas?
Ju-ju: Hacer pompas de jabón y buscar
hadas.

Zarzamora: ¿Por qué te gustan tanto
las hadas?
Ju-ju: Porque son bonitas y simpáticas,
¡y pueden volar!

Zarzamora: ¿Cuál es tu forma de arte
favorita?
Ju-ju: La pintura a la acuarela.
(Ju-ju suspira.) Me encantan las acuarelas.

Zarzamora: ¿Cuál es tu clase de música
favorita?
Ju-ju: La *Música del agua* de Haendel.

Zarzamora: ¿Quieres dar algún consejo
a nuestros lectores?
Ju-ju: Bebed agua en vez de bebidas
con gas. Es más sano.

Tu propia entrevista

Con la entrevista que Zarzamora le hace a Ju-ju como ejemplo, intenta entrevistar a una amiga o a un miembro de tu familia. Puedes aprender muchas cosas acerca de alguien con sólo hacerle unas preguntas sencillas. ¡Incluso puedes enterarte de algo que todavía no sabías! Aquí tienes algunas preguntas de muestra para que puedas empezar, pero intenta hacer otras que se te ocurran a ti. La clave para una buena entrevista radica en formular preguntas que requieran más que un «sí» o un «no» a modo de respuesta. Por ejemplo, en lugar de preguntar: «¿Te gustan las hadas?», pregunta: «¿Por qué te gustan las hadas?». ¡Obtendrás una respuesta mucho más divertida e interesante!

¿Cuándo es tu cumpleaños?

¿Dónde naciste?

Si tuvieras un espíritu mágico,
¿cuál sería tu nombre de hada?

¿Cuál es tu color favorito?

¿Cuál es tu deporte favorito?

¿Tocas algún instrumento musical?
¿Cuál?

¿Cuáles son tus talentos secretos?

¿Cuál es tu comida favorita?

¿Cuál es tu libro favorito?

¿A qué hada te gustaría más conocer
en persona?

¿Cuál es tu clase de música favorita?

Se ruega no fumar

Mimosa estaba dispuesta a perder su espíritu mágico con tal de ayudar a su madre a dejar de fumar. Mimosa era consciente de que fumar puede ser realmente perjudicial para la salud de una persona, así como también para el medio ambiente. El tabaco mata cada año a 5,4 millones de personas en todo el mundo. Puede afectar directamente al corazón, a los pulmones y al cerebro de una persona. Fumar cigarrillos puede provocar enfermedades cardiovasculares, infartos y cáncer de pulmón. Incluso causa pérdida auditiva y de visión, artritis, mal aliento, uñas amarillentas, dientes amarillentos, arrugas, y muchos problemas más. Ser fumador pasivo es también altamente perjudicial.

Además de dañar el cuerpo de una persona, las colillas de los cigarrillos afectan negativamente al medio ambiente. Mucha gente tira las colillas de los cigarrillos al suelo en vez de depositarlas en ceniceros y en los contenedores adecuados. Por consiguiente, muchas colillas acaban en las al-

cantarillas, que desembocan en los lagos, ríos y mares. La gente no debería ensuciar el suelo, aunque, por supuesto, la solución óptima sería empezar por no fumar.

Prepara un póster para animar a la gente a dejar de fumar o para informar a los niños de los motivos por los que jamás deberían empezar a fumar. Busca información en la biblioteca o por Internet para averiguar más detalles sobre los cigarrillos y los peligros que conllevan. Después consigue una hoja grande de papel o una cartulina para preparar tu póster. Puedes escribir simplemente un mensaje, o quizá desees realizar dibujos o recortar imágenes de revistas para decorarlo (pero recuerda que primero tus padres te han de dar permiso para hacerlo). Cuando hayas acabado, pídele a una persona adulta que cuelgue el póster para que pueda verlo más gente.

Los ríos más largos

El río más largo del mundo es el río Amazonas, en América del Sur, con 6.800 kilómetros de longitud. El Nilo, en África, es el segundo río más largo, con 6.756 kilómetros. Y, en China, se halla el tercer río más largo, el Yangtsé, con una longitud de aproximadamente 6.300 kilómetros.

El río más caudaloso

Además de ser el río más largo del mundo, el Amazonas es también el río más caudaloso. Transporta más agua que los siguientes seis ríos más caudalosos juntos. Las fuentes del Amazonas se encuentran en las faldas de una montaña de Perú denominada Nevado Mismi. El río atraviesa numerosos países de América del Sur (Brasil, Colombia, Bolivia y Ecuador) y desemboca en el océano Atlántico. Al igual que todos los ríos, la dinámica del Amazonas cambia a lo largo del año. Durante la estación lluviosa la profundidad promedio del río es de unos 40 metros y el ancho, en algunas de sus partes, llega a ser de 330 kilómetros. En la cuenca amazónica habita una rica y variada fauna salvaje, incluidas las anacondas y las pirañas.

Ascensores

Mimosa y sus amigas usan un ascensor mágico para trasladarse al Río de la Sabiduría. Mucha gente usa ascensores cada día para llegar a su clase en la escuela, a sus puestos de trabajo, o incluso a sus casas. Lo que probablemente no sabrás es que los ascensores llevan mucho tiempo entre nosotros. De hecho, algunos creen que el primer ascensor (muy primitivo) lo inventó el antiguo matemático griego Arquímedes en el año 236 a. de C. El ascensor tal y como lo conocemos actualmente se inventó en la década de 1850 y funcionaba con vapor. El primer ascensor eléctrico apareció en la década de 1880. En la actualidad los inventores trabajan para crear versiones mejoradas de los ascensores originales, para que sean más rápidos y más seguros. De hecho, el ascensor más rápido que existe está en Taipei, la capital de Taiwán, en el rascacielos más alto del mundo, denominado Taipei 101. ¡Puede llevarte de la planta número cinco a la ochenta y nueve en tan sólo treinta y siete segundos!

Edificio Taipei 101